夜無詩集

褪獸期

2018 X19華文創作推薦獎得獎作品

斑馬線

推薦語　方娶　何貞儀　許瞳

推薦序　獸的憂鬱　蘇紹連

信仰青春的絕對值：X19書系　許赫

第一屆X19華文創作推薦獎設立宣言　林群盛

Human Side

人
遊魂
如果有神
我的哀傷不應當存在
陰影
我的眼睛尚未完全闔上
可以都放棄我嗎
淋浴間
鬼城東邊
化學性質
你來就生命

Animal Side

獸
真身
遺跡
長大
溫柔
湖
不憂鬱練習法
冷漠
城
憂鬱的終點
陸上魚

後記

有些時候，我會忘記自己心底也住著野獸。

不能寫的時候就讀、不能讀就寫，似乎早已養成習慣。收到這本詩集的內文嚴格說起來是昨天中午的事，但熬夜的人總能把日子變長。已經有一段時日沒有跟夜無見面了，與筆名同義，她不會讓人在見到她時察覺夜來，因為她總是陽光。但她與我何其相像，我們都只是披著人皮的獸。

一直沒有和她說。認識她是因為我們高一時她自售的詩集，我明明看見表單數次卻都沒有下手。那時的我剛開始寫，怕別人的詩像涼麵裡切碎的胡蘿蔔，明明不是特別喜歡卻還是苟且嚥了下去。這樣無疑是辜負我嚼過的所有胡蘿蔔。

所以我沒有買。直到我們較為熟稔，才跟她買了一本好好地讀。

她的詩總是乾淨。不是語言爽脆利口，而是清澈到能看見她活在詩裡。我一直認為有人能把自己寫得如此誠實是非常難能可貴的一件事。慢慢讀她的詩，就能發現自己早已在字句中把她的演化過程翻閱一遍。知道她是狗派、我是貓派。明明迥異，卻又因為詩並肩同行。

偶爾當我忘記自己只是野獸，我會看看她的模樣，想像自己也能夠被人豢養，讓所有童話都在夢裏變成真的。

她也每次都讓我重新記得：我們已經努力過了。

方斐

褪去獸之皮

從《大角鹿的命運》起，我便喜歡上了夜無的詩，一拿到《褪獸期》便馬上看完了，請原諒我沒有更好的文字來推薦這本詩集，在很多首詩裡頭夜無觸動了我心中的某一塊傷感，或許我也曾是獸，也或許我也跟夜無一樣在褪獸的階段，我相信這本詩集能夠帶給許多人一樣的感受，在許多時刻，我們都面臨人與獸之間的拉扯，在此時，請讀這本詩集。

何貞儀

夜無的詩像仙人掌上開的花／槍身上的卡通貼紙／野狼配戴的項圈。靈魂在獸與人之間游移，只有在X19的褪獸期，還不曾遺忘或羞赧於年輕的獸性。

寫實／血時／寫詩。

有人說這個年紀寫詩，不是咬傷別人、便是咬傷自己，但我要說，小獸在皮上的抓傷，正是時間推移最疼而必要的痕跡。

許瞳

獸的憂鬱

讀畢《褪獸期》這本年輕詩人夜無的詩集，終於體會到夜無所謂的「獸」其實是「憂鬱」的代名詞，但在整個詩集作品的脈絡中，夜無給予獸的形象描述，是獸能侵入人體，在人體內是形成一個「祕密」，具有野性也具有靈性，獸雖然會傷人，但其實是怕人類對獸的不善。整本詩集大約在這種人與獸共處的內涵下，隱喻作者對人際之間種種的思維構圖，鋪設獵人和旅人、狼和鹿、魚和水、生和死……等等的一些相對峙的情境，隱喻人類也是有共生或是寄生或是殺生或是逃生的現象。為了這種現象，夜無的詩除了埋伏著「憂鬱」的獸，也隱藏著「哀傷」的蟲，或是一再出現於「幻想」中的陸上魚和冰層魚，使這些獸蟲魚之類的動物跟人類一樣，在其地理環境惡劣及人際關係崩解時，能夠完全褪去有憂鬱的折磨。我相信夜無的不憂鬱練習法，必會讓憂鬱抵達終點，那是回到遠古的世界，還是回到未來的世界呢？我衷心期待夜無的詩創作進入另一個時期，會帶來令人驚喜的答案。

蘇紹連

信仰青春的絕對值：X19書系

青春是絕對的，屬於19歲以下的少年。有人不服氣，認為青春是一種狀態，年輕的心態，不可以用年齡來侷限。在這個凍齡又中二的時代，這樣的主張不無道理，但是不老的意見領袖，最可怕的走向就是霸佔青春的發言權，成為萬年代理人。X19試圖做一個努力，讓青春的發言權，留在少年們的身上。

X19書系將每年穩定出版19歲以下青春靈魂的創作，不限詩集，還有更多純粹的觀察，無謂的勇氣，壯烈的言語。並且歡迎各種形式的推薦與自薦，我們將透過本社19歲時代出書的作家，進行評估與推薦，讓青春決定自己的品味。

許赫

第一屆X19華文創作推薦獎設立宣言

2004年，許赫創辦X19全球華文詩獎，為少數針對未滿十九歲的年輕詩人們舉辦的獎項，並出版得獎者們的第一本詩集。

為貫徹「年輕世代的美學由年輕世代自己決定」的X19宗旨，獎項規則做了數項實驗性的改變：

●詩獎的徵稿不再徵求單篇詩作，為更能表現作者的多樣性與可能性，兼具出版詩集的考量，投稿者須準備三首以上的詩作。

●評審者五名，第一屆暫由執行委員會代理，且有年齡必須未滿二十九歲的限制。第二屆以降，將由上一屆得主們逐一取代，預定於第五屆後讓評審全為得獎者，意圖讓評審者與投稿者的世代差距降低，讓同一世代決定其獨有的美學與標準。

●該獎項的經營與執行亦遵循X19的精神，歷屆逐一轉移，交與年輕的文學創作團體（諸如風球詩社與輕痰讀書會）。

2016年，許赫設立斑馬線文庫，並於次年出版了段戎與何貞儀兩位未滿十九歲年輕詩人的第一本詩集。為延續X19全球華文詩獎的初衷，也讓現代詩以外的創作者有更多的機會，斑馬線文庫成立X19華文創作推薦獎委員會，並於2018年推舉同樣未滿十九歲的年輕詩人夜無，為第一屆X19華文創作推薦獎得主。

今後，X19華文創作推薦獎將持續推舉未滿十九歲的年輕創作者，不限文類與創作範疇，提供年輕世代的創作者們更多的機會與舞台。

林群盛

Human Side

人

我問爸爸
什麼是人
爸爸說
人是一個月亮
你永遠看不見他的背面

遊魂

你的瞳孔有遠古的森林
有月光照射的痕跡
荒草蔓生的小徑
我們魚貫而過
大家憑藉微弱的星光看地圖
好像一切皆獲得安排
但我的夜晚只有你走來
你的雙眼是最主要的光害

如果有神

如果有神
請告訴我
閃電也好雷聲也好
小徑上的坑填著水
雨還在下著

燈火輝煌之處
那不可視的黑暗
沒人注意
沒有人點亮
我終於成為真空
他們才拿火來燒我

無神論者的祈禱也能
得到回應嗎
若痛苦是試煉
能不能就讓我維持
弱小的姿態

我的哀傷不應當存在

哀傷對光線敏感
像毫無惡意的蟲子
清楚知道
房間每個死角
所有人鞋底的紋路

夜晚無法翻身
體內的蟲啃食我的臟器
我壓扁他們
但不敢吐出來

漂亮的地磚
掩蓋灰白
地震時偶爾露出破綻
拿可愛的貼紙
貼住滲血的器官

哀傷在深處堆積
顫動時崩落
雨來就起飛
我的哀傷是寄生在心底
最巨大的生命

陰影

遠古不堪的秘密
在現世背後耳語
你能回答我嗎
關於恐龍滅絕的原因
城市中的斷垣被暗暗留下
天空依然過時
地是過去的腳踝
凝固我的血肉
是的我死過
所有轟然而來的惡意
嵌進身上每個孔洞
慢慢長成山峰

我的眼睛尚未完全闔上

讓我啃蝕到最深處
吃盡所有氣味還有聲音
貪婪挖取你的溫柔
妳的血是純白的
我的眼
卻是暗沉的
所以我不能進入你

可以都放棄我嗎

可以都放棄我嗎
即便樂園的幻象可以延續
已經太空蕩了
連最愛的木馬
都不再繼續旋轉下去

當遊樂設施開始維修
也知道修不好了
只剩我

還有這欲墜的樂園
任由一切毀壞
讓我與夢境一同塌陷
必須死在這裡

遊樂園裡
有許多有趣的時刻
我卻只是一個人
在洶湧的人潮中走著

淋浴間

唱歌是一件悲傷的事
但不能停
以此證明自己
有耐熱和防水此類
基本配備

在乾濕分離的隔間
與外頭千千萬萬的人對看
我無話可說
像安靜的電視
任由他們談論劇情的好壞
及不合理之處

眼神日漸模糊
彷佛每一瞥都隱含敵意
那些名為愛的
如霧氣蒸騰著
包圍我

極盡嘶啞的生命
讓喉嚨灼痛
我努力維持歌聲
害怕霧會散去

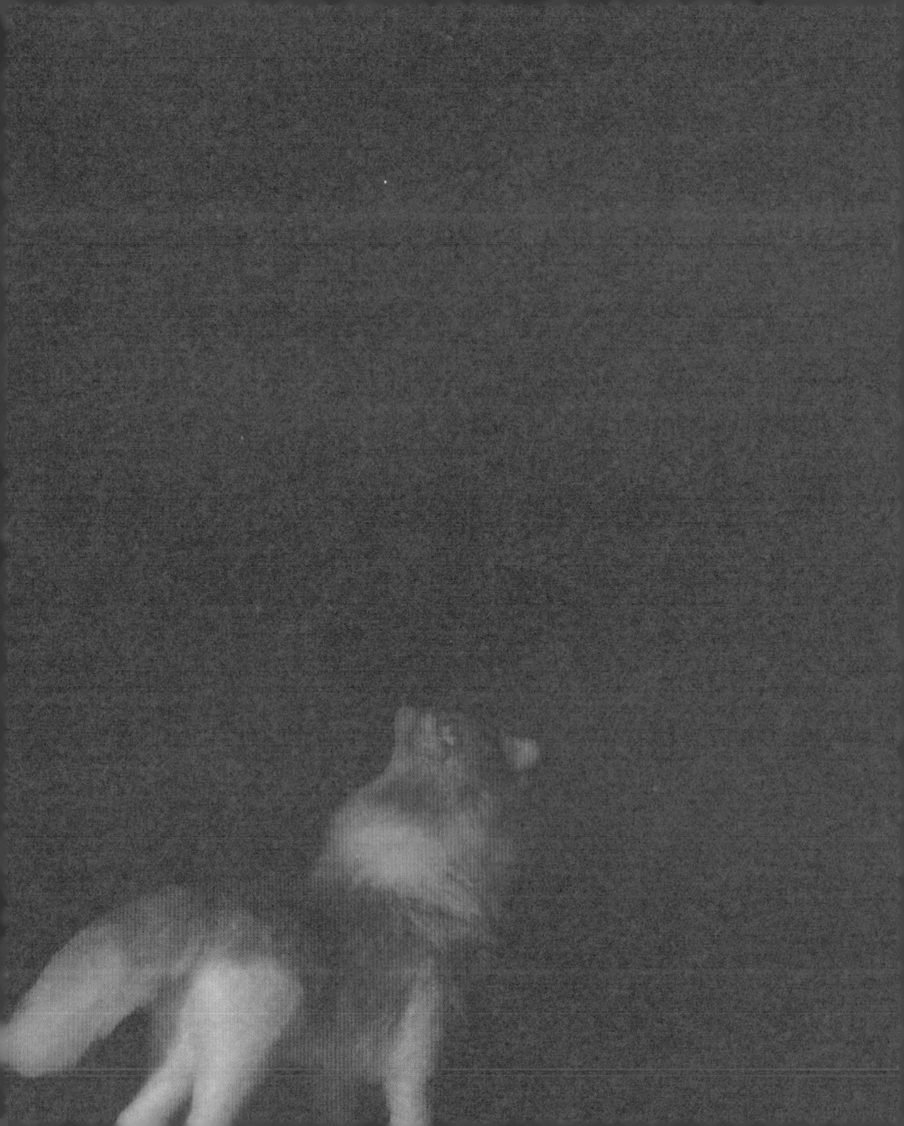

鬼城東邊

風聲幽微
影子有光
不穩定氣流裡
夢境在閃爍
守衛不問來者何人
就流下淚來
雞鳴之中
我們認你為王

化學性質

桌上有五個瓶子
沒有標籤
他加上他會冒泡泡
他和他充分混合
產生沉澱
其中一人很酸
一個難溶於水

第一題
請問你是個怎樣的人

你來就生命

有火就灰燼
烏雲了就下雨
澆灌燒焦的土
翻動我的血肉
鬆動我透光我
我遇熱就蒸發
受傷就死
而你來就微風
你來就生命

Animal Side

獸

凡人類
皆不可上山
你是例外
但你今天有其他人的氣味

真身

以歪斜的角度睜眼
用不潔的唇語告白
自私地愛
看喜劇時
哭了出來

雨是不會停的
我終於承認沒有傘
是無法行走於街道上的
沒有能力
忽略每個人的視線
我無法承受所有雨點

我不如鹿
那麼優雅端正
不像河水純淨無聲
如果你看見了我的輪廓
會不會怕我？

遺跡

一
有鏟子插入
我的體內掘出
所有秘密

二
聆聽每個時代的水流
皮膚裡恆常有毒蛇竄動
時間壓縮我的肉
等待使人變得
渺小堅硬

三

走在大霧裡
對每一陣風戒慎恐懼
傾頹的牆上有你的指紋
這裡沒有河
野獸吃掉你遺留的斷垣
我雙眼灼傷
摔進枯井
等你來提

長大

男孩在雨下赤裸上身
洗刷身上的鱗片
太陽正在西下
他的眼神與獵槍對峙
堅貞如鍛鐵

鵝卵石蠢蠢欲動
從那些沉澱的汙濁
被一一擲出
如泥沙掏洗後所殘留的惡意
以自己的意志攻擊

芒花沾染夜色
河流正漸漸乾涸
因火而焦灼的岸
獵人曾隱身於此地

降生硝煙的雨中
尾鰭黯淡
魚群都死了
他們是夢的浮屍

溫柔

日影變遷
該如何阻止月亮爬升
光線交疊的瞬間
我們沒有火花
你溫溫地笑了

是否野狼再如何溫順
都無法與鹿同夢
你仍留下腳印
供我追跡

葉隙之間有海
有一整棵樹的否決
我何其榮幸
擁有在你附近的僥倖

每次走夜路還是想遇見你
你會願意出現嗎
請不要回答我

湖

穿越霧氣與林木
快要渴死的魚
閃電落下
一瞬之光

我們牽手
有水誕生掌紋之間
我在萬物匯集的地方
獨自凹陷

魚擺尾而來
游進我的靈魂
失去一些心
換得你吐出的
泡沫沉入內部
再以愛的形式浮出

不憂鬱練習法

前

不要偏執於句式語法
何時該使用
隱喻。難以分解時
就幻想
冰層下的魚
伊卡洛斯的翅膀

中

養一隻狗
才能馴服野獸
不要去想像牠的離開
抖落多餘的毛
使自己足夠強壯

後

每星期至少看海一次
學會浪的語言
分辨求救與沒事的手勢
不要再弄混

末

研究光影的變遷
算其週期然後
昭告天下
知道自己終於
終於能夠
不再是獸

冷漠

鋼鐵的森林
向外爬行的路上
風吹動垃圾
經過每個腳步
目睹黑夜
用尖牙交換一個人

城

血管有結串連成牆
護城河裡的鮭魚蠶食地基
有人扣門詢問
獵人說
鮭魚是同夥
熊是敵人

由肉堆砌的城池
如半透光的鬼魂
傳聞城主是一個瘋子

在不遠處
就能聽到動物
踩在捕獸夾的聲音
有人說城主是獵人

有時候生命
亟欲解放
而這裡禁止垂釣
毀滅形似棕熊
默默靠近
笑容可掬

憂鬱的終點

獲得生命
成為狗的知交
冬天睡去而春天不醒
眼神被暫停
整個世界陷入低潮期
斗篷的陰影之下
細微的火光囁嚅著
被一口咬碎

月曆上註記著極光
以及災禍降臨的日期
羊群在河邊喝水
牧羊人對黑羊保持警戒
永晝在背後窺伺
謀劃憂鬱旅人的監禁行動

迷途於雪地
你是薄冰下的花
我在岸上和你相望
像溫柔的狼
打算與一隻鹿相守那樣

飄浮於虛黑之中
知道你不在同一個宇宙
但我願意用死亡的勇氣
穿越整個真空
墜落到你的星球

陸上魚

來自於天空盡頭
穿過綠火
夾帶著海底的泥沙
刺穿草的氣味
你是我們這類魚的幻想

圍柵毀壞城牆崩落
你航過邊界
停靠在我的草原
我慌張趕羊

不讓你看見
他們瘦骨嶙峋的模樣
這裡一切都很好

有閃電擊中
我退化的雙腿
連同沾滿土的眼睛
一起被點亮
這裡一切都很好

這裡一切都很好
請你留下來
淹沒我
讓我游泳

後記

剛開始寫詩的時候，彷彿過去的生命終於被承認，那段時光亟欲進入我的人生，正式成為我的身體，寫詩像在批准他們成為我的一部分，要批准的東西很多，它們爭先恐後想成為一首詩，便自然流洩出來。出了詩集，所有申請都確認了，被排斥的那一塊回到它的空缺，人生卻還不完整。自此，再沒有聲音溢出，可是仍有許多無法被書寫的事物等著被指認。

詩曾經是我的救贖，如今已有其他事物替代這個功能，我還是選擇將它留下來，若非如此，我將無法確立自己。詩是我最重的部分（喔喔，難怪我體重那麼輕），讓我在某些程度上獲得解脫，那些必須說謊的時候，詩會誠實。所有憤怒、悲傷、愛和痛在詩裡都能拉到最大值，寫詩使我更接近自己，更能看清楚自己的模樣。

也許對我而言，捨棄詩等於捨棄自己。

褪獸期出版前夕，被告知我是第一屆X19推薦獎得主，剛得知時一頭霧水，但得獎了先開心一番，後來弄清楚後更加興奮。對於自己和自己的詩常感到不確定，不知自己的詩是否夠格，然而有時又很自信，憑藉許多人的讚許和肯定，知道自己正在向前，也有向前的能力，也逐漸能在寫完一首詩後，知道自己的詩很好，或者還需要修改。這本詩集的詩幾乎都是高中時完成的，前半段的高中生活像是一個洞，將周遭吞噬掉，不知道自己在哪，不知道自己走了多久，每一天靠著讀詩、寫詩還有學姊將自己從虛無的地方扯出來，才能看見光亮。這是慢慢產生人形的過程，可能很多人都必須經過這樣的日子，在還未完全蛻變成人之前，咬碎想要小心翼翼守護的東西（例如愛）。幸運的話，未來還有更多這類的東西，我們仍然要努力磨牙、收爪，在失去的同時，慢慢能夠留下他們。

謝謝出現在我高中生活最痛苦的時期的學姊，近乎不離不棄地在我身邊照亮我。

謝謝我的孿生兄弟，成為第一個讓我相信是我朋友的人，希望未來我們依然能夠並肩而行。

謝謝群盛又再度使我的詩集誕生，雖然還不成熟的我添了許多麻煩，非常感謝您的幫助。

謝謝可愛的想像朋友們。

謝謝最近距離面對如獸的我的父母還有我的狗始終愛我。

謝謝妳與我相遇，成為我的貓，使高中生活美好，謝謝妳讓我從野獸變成忠犬，但還是對不起，對不起我來不及成為人類。

謝謝堅持到現在的自己，未來請繼續與我為了活著而努力。

國家圖書館出版品預行編目（CIP）資料

褪獸期 / 夜無著. -- 初版. --
新北市 : 斑馬線, 2018.07
面 ;　公分

ISBN 978-986-96060-9-7（平裝）

851.486　　　　107010930

褪獸期

作者　夜無
羊毛氈製作　貓拓
花藝設計　Masako暖暖QQ的家
攝影　林芙伊
企劃設計　林群盛

發行人　張仰賢
社　長　許赫
主編　施榮華
總監　林群盛
出版者　斑馬線文庫有限公司
法律顧問　林仟雯律師

總經銷　大和圖書
製版印刷　龍虎電腦排版股份有限公司
出版日期　2018年7月
ISBN　978-986-96060-9-7
定價　250元